100件无聊的小事

肖肖 著 夏青 绘

中国友谊出版公司

第 1 天

写给曾经的自己

找一个安静的地方，静下心来，给过去的自己写一封信。

把以往所有的难过和不开心都写下来，诸如：

1. 我喜欢的人不喜欢我。

2. 父母不理解我。

3. 跟朋友吵架了。

…………

然后，把写得满满的本子收起来，再也不要去翻开，就让那些难过和不开心随着时间尘封起来。

嗨！你好，昨天的我，我打算离开你了，我要开始一段新的旅程。从今天开始，从现在开始，请你祝福我！

01

写给曾经的自己

亲爱的______________：

第 2 天

一个人安安静静的下午

在有阳光的房间里，不要看书，也不用听音乐，就这样看着阳光从窗户外面照射进来。空气中有飞舞的尘埃，楼下有人在聊天，有人在跑动，还有小孩的笑闹声。

这是一个夏天或者冬天，无所谓，谁在意呢？反正有阳光和一小段可以让我们肆意浪费的时光。

不知道从什么时候开始，我们就被时间一刻不停地追赶着、鞭策着。

快点，快点，再快点！

快什么啊！

就给我这么一下午不行吗？就让我好好挥霍一下这个只属于我的下午，让走得太快的自己停下脚步，等等还在后面疯狂奔跑着的灵魂。

02

一个人安安静静的下午

第 3 天

遇见就很美

在路口等红绿灯的时候我才发现街角那家很喜欢的面包店没有了，它在大白天关着门，上面写着两个很大的字：招租。

啊，再也吃不到好吃的蛋黄流沙包了！

我不甘心地走了过去，店面在闹市中可怜巴巴地伫立着。

生命中有一些离开是毫无声息的，不知不觉，它已经走远。

于是，在今天，我们举办一个仪式吧，目送那些选择离开的离开。

好啦，走吧！挥手！

没有关系！

我们遇见就很美！

03

遇见就很美

第 4 天

知夏知秋

日子不知从什么时候开始过得飞快，青春根本来不及倒带。

懵懵懂懂一天又一天，偶然抬头才惊觉季节的变换。

找那么一个时间，让自己脱离所有烦心事，放下工作，放下功课走出去。

这是一年中的秋天？那么应该有大片银杏叶，整个街道变成黄金的颜色，映衬着蔚蓝的天。

如果是夏天，阳光晒在皮肤上略微有些热，知了叫个不停，微风撩过树叶，仿佛情人的低语声。

伸开双手，深深呼吸。

这一分，这一秒，是只属于你一个人的季节！

04

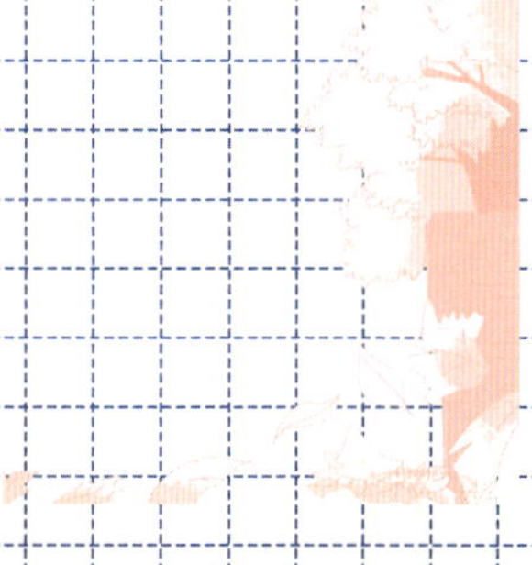

第 5 天

向阳生长

我曾经把仙人掌养死过，想必你也是。

什么？你没有?！

好吧，那么我们试着去养活这样一个小家伙。

多肉、发财树、仙人掌、绿萝……什么都可以。

我们把它带回来，然后浇水、施肥、拔草、除虫，看着它一点点舒展起来。

然后，向阳生长。

就像我们一样，努力努力再努力，与这个世界握手言和。

05

向阳生长

第 6 天

买个小物件

避开双十一、双十二，不是情人节，也不是生日。没有任何理由，我们就要在今天给自己买心仪已久的那个小礼物。

它可能是一把梳子，也可以是一个书签，或者一个特别好看的戒指。这些都无所谓，关键是今天我们要给自己买下它。

人生中可以失去的东西太多了，我们遇到喜欢的小物品，在能够承受的范围内尽可能地满足自己一次吧。

这一天就让我们学会宠爱自己。

噢！这么多年，你辛苦了！

06

买个小物件

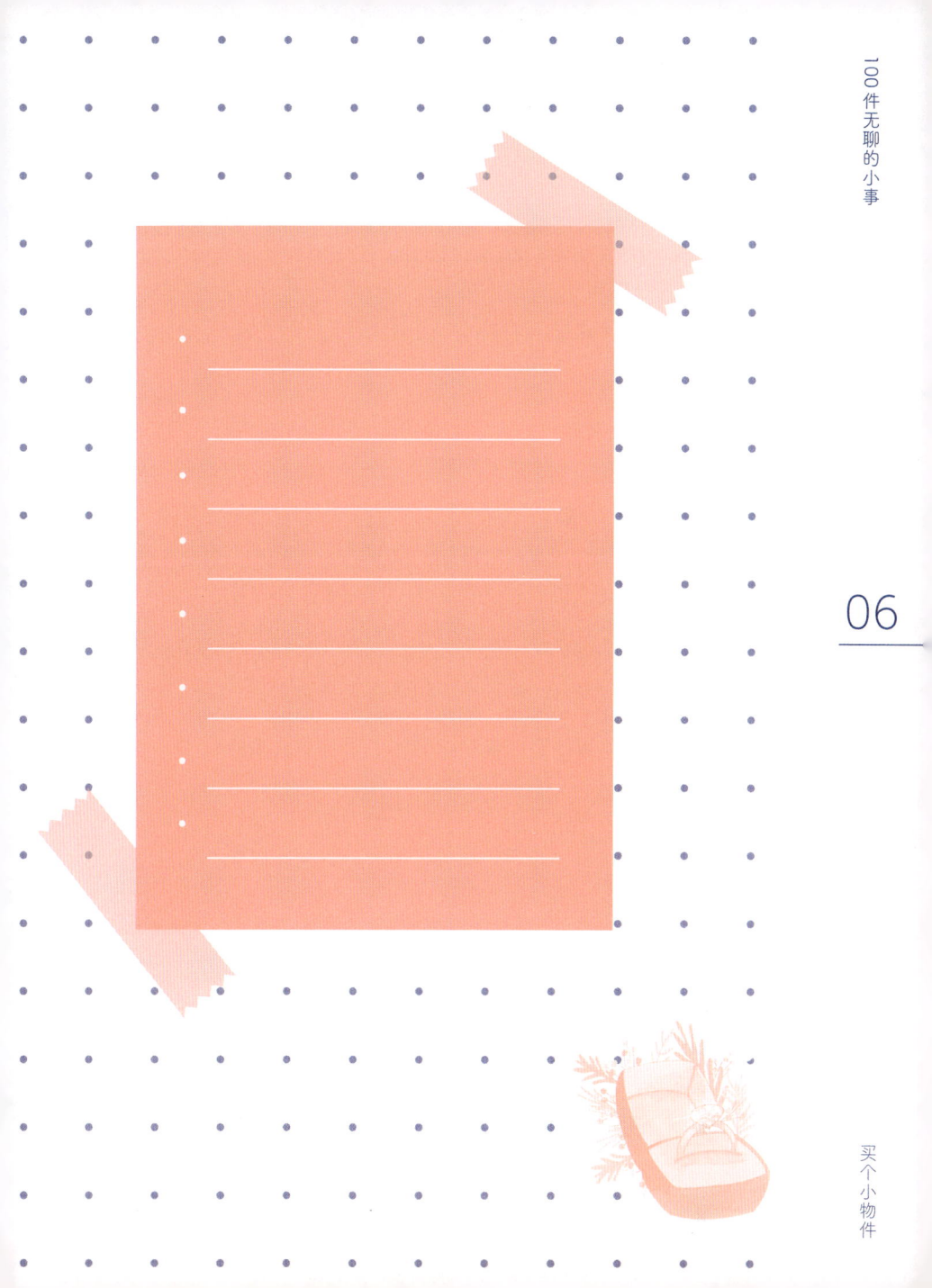

第 7 天

谁还不会做个饼干啊

在小的时候，我想长大以后就开个甜品店吧。

抹茶蛋糕，草莓慕斯，芒果芝士，还有少女的马卡龙和天堂的滋味——提拉米苏，每一个听起来都那么诱人。

可是，开甜品店的愿望被放逐到了天边，有点遥远。

于是，今天，我们自己来做一罐小饼干吧。

用简单食材就可以做成的黄油小饼干是首选，就算“天残手”也可以很好地完成。

准备这些东西：

- 低筋面粉 160 克
- 糖粉 20 克
- 黄油 80 克
- 鸡蛋 1 个

步骤 1

软化黄油，加糖粉和蛋黄搅匀。

步骤 2

加入筛过的低筋面粉，再加入蛋清搅匀揉成面团。

步骤 3

擀成薄厚适宜的正方形，放入冰箱急冻 20 分钟。

步骤 4

切成合适的大小放入烤箱，火温 200 度，烤 15 分钟。

步骤 5

开吃！

是不是很简单？
动手来做一做，加油，
烘焙小达人！

第 8 天

不抱怨的一天

今天的目标是：不抱怨。

想要抱怨大概是每个人都会有的情绪。

今天坐车遇到一个特别没素质的人；老板根本搞不懂谁在干活，瞎指挥；客户特别难缠，折腾了半天结果什么也没谈成；手机丢了……各种各样让人心情不好的事情总是层出不穷。

怎么办？

生闷气、抱怨都无法改变既定的事情，除了浪费时间，还会让负能量充斥周围。

不如我们约定一下吧，在今天不管遇到多么糟心的人和事情，不去抱怨，而是晾着它，把手边其他的事情做完再回过头来看，也许就一笑而过了。

08

不抱怨的一天

第 9 天

学会早睡

熬夜是健康最大的杀手。经常熬夜等于慢性自杀。

明明听过了无数的道理，我却依旧不能好好早睡。

打败晚睡大魔王！今天的计划是在 10 点之前就睡觉。

首先，试着在 9 点半的时候洗涮完毕，关闭手机、电脑。

然后准备好一个小木桶，放入一些姜片或者薰衣草，舒舒服服泡个脚。全身放松，躺在床上，闭上眼睛。

就这样，今天告别微博、朋友圈、八卦、肥皂剧、游戏和小说吧。

晚安！

09

学会早睡

第 10 天

日出

能让我早起的事情除了赶飞机，就是看日出了。

看日出真是一件特别神奇的事情，看着太阳一点一点慢慢地从地平线升起，不知为什么会忽然变得特别激情澎湃。

朝霞、云层，还有刺眼的光芒充斥眼球，好像有什么东西也跟着从心底一起升起来了。

嘿，元气满满地出发吧！

今天也是充满阳光的一天呢！

10

日出

第 11 天

生而为人，谢谢你

最近看到抑郁症自杀的人越来越多。

自厌这种情绪大概是最难搞定的。它总是偷偷摸摸地躲在角落里，冷不丁出来挠你一下，爪尖锋利，一抓见骨。你以为藏得特别好的悲凉、委屈和惶恐都奔涌而出，交杂在一起，黑乎乎一大片一下子在你的上空呼啸而过，凛冽又傲慢地看着你，你能怎么样？你敢怎么样？

不如把这一页狠狠撕下来吧，把最后悔的、最难过的、最不甘心的事都写在上面。

然后，烧掉它！

就这样，把所有的伤心、难过、不满都烧掉吧。

电影《被嫌弃的松子的一生》里面曾说: 生而为人，我很抱歉。

怎么会呢？怎么行呢？怎么可以呢？

生而为人，谢谢你！

今天也会好好活下去！

11

生而为人，谢谢你

第 12 天

找到一个树洞

长大就是可以说的话越来越少，可以聊天的人越来越少。不如意事常八九，可与言者无二三。

成熟就是干脆什么都不说了，把话都埋葬到了心底，默默微笑。内心变成一整块平而光滑的结了冰的湖面，冰面下依然有活蹦乱跳的鲤鱼和沉睡的种子，冰面上却不动声色，寂寥又沉默。

今天，我们找一个树洞吧，把想要说的、没有说的、不能说的都说给树洞听。

12

找到一个树洞

第 13 天

给自己一个微笑

人总是担心这个，忧心那个，生怕自己哪里不够好，哪里不讨人喜欢，又自责又自卑，怯生生地躲在角落，留了一只眼睛小心翼翼望着这个世界。

可是，世界上哪有那么多的完美？！

亲爱的，你真是一点儿都不明白啊，你笑起来的时候就是这个世界上最可爱的存在。

今天，给自己一个微笑吧。

13

给自己一个微笑

第 14 天

沉迷于文字无法自拔

阅读是这个世界上最棒的事情，没有之一，不接受反驳。

之前微博有一句流行语：身体和灵魂总要有一个在路上。

是的，假如你因为各种各样的原因没办法行万里路，那么就去读万卷书吧。

推荐书单：1. 高木直子绘本系列。

2.《七堂极简物理课》。

3.《时间简史》。

Day

0
1
2
3
4
5
6
7
8
9
10
11
12
13
14
15
16
17
18
19
20
21
22
23
24
25
26
27
28
29
30
31
32

第 15 天

生活在别处

去一个陌生的地方，去见你想见的人，去看你想看的风景，去吃好吃的食物， 去拍照，去晒朋友圈……

不要一个人画地为牢，茕茕孑立。

走出去吧，走出孤寂和迷茫，走到另外一个热闹的世界。

走到温暖的地方，有微风拂面。

你看啊，万物都在生长。

第 16 天

棉布床单

床是人一生中待得最久的地方，人的一生差不多有三分之一的时间都在床上度过。

于是，床上用品的选择就变得尤为重要。

我喜欢简单素净的纯棉床单，你呢？

今天我们来换个床单吧。

换上我们喜欢的那个纯棉的、贴在皮肤上质感特别特别柔软的床单。

似乎今晚也能预约到一个好梦呢！

16

棉布床单

Day

0

1

2

3

4

5

6

7

8

9

10

11

12

13

14

15

16

17

18

19

20

21

22

23

24

25

26

27

28

29

30

31

32

第 17 天

看一部经典影片

去看个电影吧，悲伤的、快乐的、惊悚的、悬疑的、家庭伦理的。

去看个电影吧，一个人，安安静静的。

找到豆瓣上评分比较高的那些电影，挑出自己喜欢的类型，在某个有阳光的午后，尽情享受一场视觉盛宴。

17

看一部经典影片

第 18 天

喂猫逗狗的年纪

猫这种动物太过清高，总是对人爱答不理。它拥有自己坚固的内心世界，人类无法轻易靠近。

狗不一样，它热情又欢腾，善于与人相处，通人性，还顾家。

爱猫的人大多数表面坚强，内心柔软，心底有爱却不知道怎么表达，于是把一切都灌注到猫的身上。猫是主子，他们是铲屎官。

爱狗的人大多数开朗、大方、善于分享，怕寂寞，怕一个人独处，不在热闹中疯狂，就在热闹中恋爱。

你呢？

今天的你是猫派还是狗派？

18

喂猫逗狗的年纪

第 19 天

照片中的你

每次我拿起手机或者相机，总是害怕打开前摄像头的那一瞬间，忽然出现那张熟悉又陌生的脸吓死人了，有没有？

有一次我路过一家写真馆，门口挂出一幅大照片。纯白色的背景，有个女人微笑着望向远方，脸上有清晰的皱纹和斑点。

其实是张很普通的照片，不知为什么我却忽然被打动。

有多久我们没有给自己好好地、认真地拍过一张照片，记录我们曾经灿烂，正慢慢老去却依旧美好的时光？

今天！

甩开美颜相机，就认认真真记录我们最真实的一瞬间吧。

19

照片中的你

Day

0
1
2
3
4
5
6
7
8
9
10
11
12
13
14
15
16
17
18
19
20
21
22
23
24
25
26
27
28
29
30
31
32

第 20 天

彼时正年少
莫负好时光

心情就像是在沙漠里走了好久好久，都没有见到绿洲，一抬眼皆是茫茫黄沙。

出发时的雄心壮志早就飘散到了风里，深一脚浅一脚走的时候，不知道为了什么要继续走。不知道走向哪里，不知道去干什么。

大树呢？绿洲呢？什么时候可以遇到它们？想要靠着大树歇歇脚好好休息一下下。

走吧，少年！

今天，我们就一起走出去，在忙碌与困惑并存的间隙里享受一下大自然给予的这一切。

20

彼时正年少 莫负好时光

第 21 天

给爸妈买礼物

在你第一次坐上那列火车驶向远方的时候，你可能不明白，以后故乡对你而言只有冬夏，再无春秋。等你再大一点点，故乡连夏都没有了，只剩下了冬。

你和你的父母就剩下一年一次或者一年两次的见面机会。

幸运的话，你们可能还能见 150 次。

不是那么幸运的话，也许大概就是 100 次了，或者更少些。

时光是什么时候慢慢爬过他们的肌肤，留下岁月的痕迹，这些你根本都无从知晓。

今天，我们给爸妈买个礼物吧，再写上一封长长的信。

爸妈：

我永远爱你们！……

亲爱的爸妈：

第 22 天

为自己的失败买单

你有没有尝过失败的滋味？

我有。

沮丧，想哭，想要躲起来，不想承认又不得不承认。

人生那么长，怎么可能一帆风顺？

今天，给我们的失败、给我们犯下的错误鞠个躬吧。

原谅失败，承认失败，没有什么大不了。

失败是成功之母。

今天也加油吧！

22

为自己的失败买单

第 23 天

做个计划吧

把最近一段时间（时间尽可能短）想要做的、必须做的事情列一个计划表吧，然后每一条后面都用括号写上奖励，把它贴在最醒目的地方。这样完成一条就自觉领取相应的奖励，是不是超棒？

例如：

看完 3 本书。（奖励香奈儿口红一支）

•

奖励：

•

奖励：

•

奖励：

•

奖励：

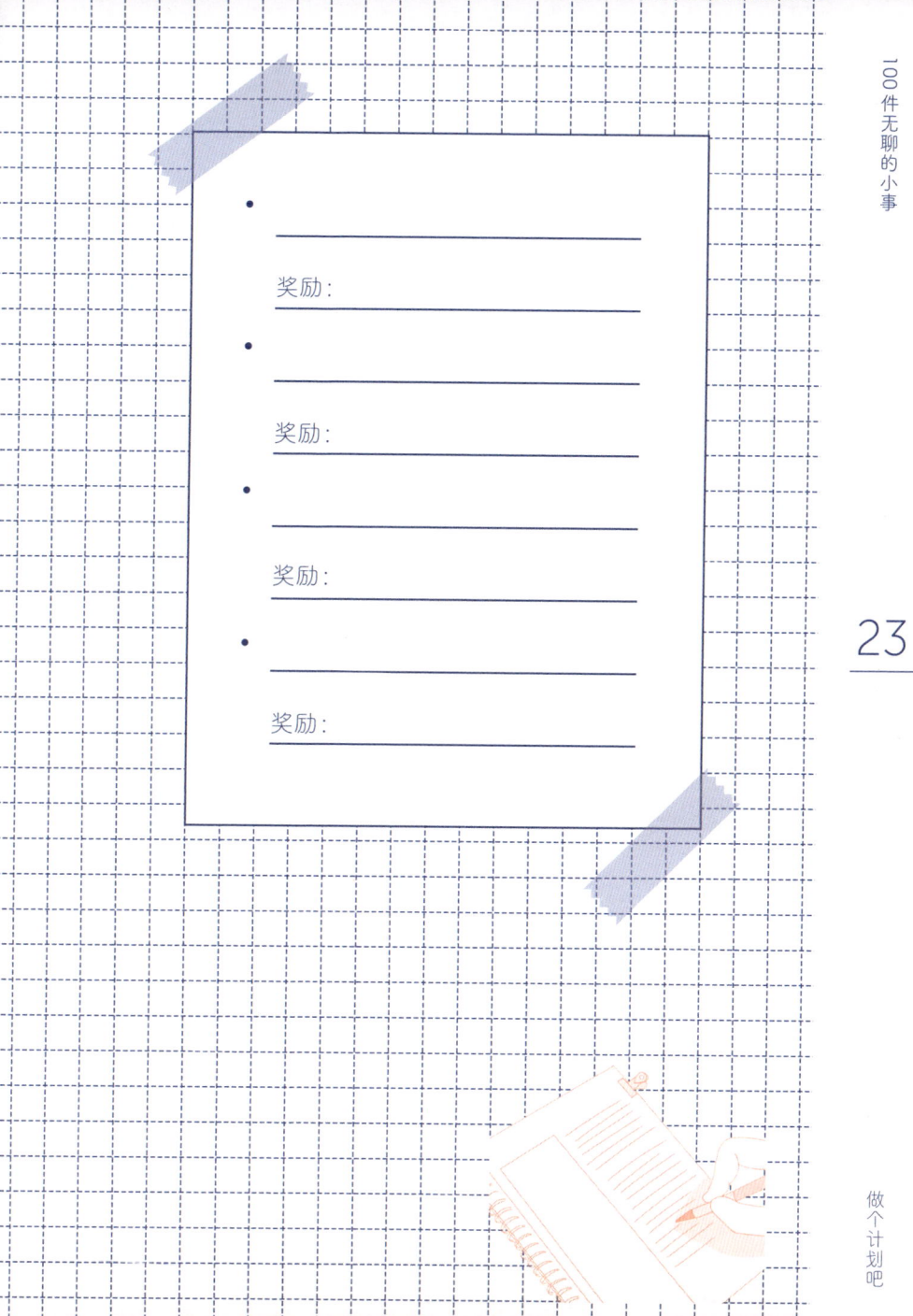

第 24 天

朋友

人一生中会遇到无数的人，有的人合得来，有的人合不来，有的人走着走着就散了，有的人走着走着就没了，有的人却走着走着越走越近了。

所谓朋友，大概就是你说“我好难过”，她说“别废话，开门，我来了”。

今天，再忙也别忘记联系一下老朋友们。

24

朋友

Day
0
1
2
3
4
5
6
7
8
9
10
11
12
13
14
15
16
17
18
19
20
21
22
23
24
25
26
27
28
29
30
31
32

第 25 天

做一次表演

跳舞也好，唱歌也好，演讲也好，讲相声也好，做一次表演吧。

在爸妈面前也好，在朋友聚会上也行，抛开束缚自己的一切，来这么一次表演。

我当然知道这可能有些难，可你知道的，这是有阳光的一天。我想要把全世界的光都打在你身上，再给你加几倍柔光，让你不自觉地发着亮。嗯，不要怀疑，你就是这么棒！

25

做一次表演

Day

0
1
2
3
4
5
6
7
8
9
10
11
12
13
14
15
16
17
18
19
20
21
22
23
24
25
26
27
28
29
30
31
32

第 26 天

把白日梦写下来

买一个特别特别漂亮的本子，然后用五颜六色的笔在上面写下你每一次的白日梦。

那样，等到老的时候，你就可以慢慢翻开看看，到底实现过几个。

26

把白日梦写下来

第 27 天

脑洞先生

是不是有这么一个人，潜伏在你年幼时光里伴随你一起成长？他的成长无比缓慢且不动声色，在你不经意间就已经层层叠叠包裹住了你的整个心脏，霸占了你的大脑，变成你的个人剧场，变成你的奥斯卡，变成了朱砂痣，变成了白月光。

嘿，脑洞先生，今天也谢谢你守护我们的脑内小宇宙哟！

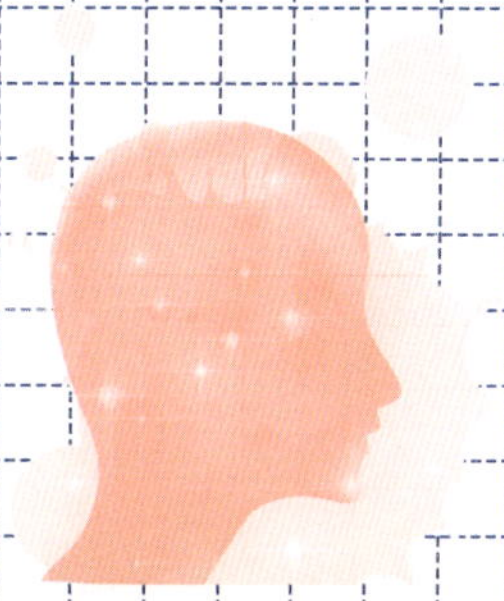

Day

~~0~~
~~1~~
~~2~~
~~3~~
~~4~~
~~5~~
~~6~~
~~7~~
~~8~~
~~9~~
~~10~~
~~11~~
~~12~~
~~13~~
~~14~~
~~15~~
~~16~~
~~17~~
~~18~~
~~19~~
~~20~~
~~21~~
~~22~~
~~23~~
~~24~~
~~25~~
~~26~~
~~27~~
(28)
29
30
31
32

第 28 天

以自己喜欢的方式过一生

总会有一些人喜欢对别人的生活指手画脚，总有一些人以爱之名伤害到他人，总会有这样或者那样的不如意。

不过，没有关系。

从今天起我们要学会抛开这一切，学会说“关你什么事”和“关我什么事”。以最勇敢的姿态不惧朝暮，无谓年岁，遇见阳光，活成自己最好的样子。

第 29 天

出国

别把自己困在极狭小的空间，守着一方单薄天地。不要固守方寸之间，与热闹为敌。

走出去认识乾坤之大，不要害怕天高云阔带来的巨大的荒芜和孤寂感。

你是鲲，怒而飞，其翼若垂天之云。

今天，买一张空白的世界地图，挂在墙上，看看什么时候你可以把它插满红旗吧。

29

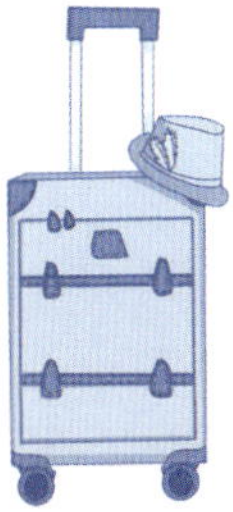

出国

Day
0
1
2
3
4
5
6
7
8
9
10
11
12
13
14
15
16
17
18
19
20
21
22
23
24
25
26
27
28
29
30
31
32

第 30 天

体检

身体是革命的本钱。

今天，体检。

30

体检

Day
0
1
2
3
4
5
6
7
8
9
10
11
12
13
14
15
16
17
18
19
20
21
22
23
24
25
26
27
28
29
30
31
32

第 31 天

断舍离

整理房间最快的办法：丢掉。

整理情绪最好的办法：忘掉。

今天，收拾房间，丢掉那些一直想要丢掉却没有丢掉的人和东西。

31

断舍离

Day
31
32
33
34
35
36
37
38
39
40
41
42
43
44
45
46
47
48
49
50
51
52
53
54
55
56
57
58
59
60
61
62
63

第 32 天

游乐场

“奔驰的木马让你忘了伤，在这一个供应欢笑的天堂。”

我不知道会不会有人不喜欢游乐场，反正我是喜欢的。

今天，我们一起出发，捡回童年的欢乐时光吧。

32

游乐场

第 33 天

绝对不会背叛你的是工作

在这个什么都靠不住的世界里，只有工作是你最忠实的伙伴。你付出多少，就能得到多少回报。

今天，我们也要努力工作，因为有了更多更大的梦想。

绝对不会背叛你的是工作

第 34 天

学会母语之外的一种语言

学一种语言，代入另一种生活，学习他们的生活方式，学习他们的思考方式。

浪漫的法语、暧昧的意大利语、二次元的日语、万能的英语，还有德语、冰岛语、葡萄牙语、阿拉伯语等无数种语言，挑选一个你感兴趣的学起来吧。

世界这么大，我们应当多看看。

从今天开始，把这件事也提上日程吧。

34

学会除了母语之外的一种语言

第 35 天

种一棵树

有人说：如果有来生，要做一棵树，站成永恒，没有悲欢的姿势。一半在尘土里安详，一半在风里飞扬，一半洒落阴凉，一半沐浴阳光，非常沉默，非常骄傲，从不依靠，从不寻找。

很久很久之前，在江浙，生了女孩子的人家要在门口种一棵树。等到树长大了，女孩子出嫁的时候就把树砍了，做成大箱子，当作嫁妆带走。

树好像被我们赋予了很多很多的意义。

今天，种一棵树吧，就当为了我们的地球。

35

种一棵树

Day
31
32
33
34
35
36
37
38
39
40
41
42
43
44
45
46
47
48
49
50
51
52
53
54
55
56
57
58
59
60
61
62
63

第 36 天

一个人的手作时光

涂涂画画，剪剪贴贴，拼乐高，玩手账。

偏安一角，不管晴天还是下雨，守着我们内心深处的童真和安静。

今天，来玩手作呀！

36

一个人的手作时光

第 37 天

表情管理

一般来说，偶像明星才会有表情管理这样的课程。什么时候应该笑，怎么笑起来好看，这是他们很重要的课程。

很多人觉得对我们普通人来说，表情管理就变得不是那么重要了。其实，我们要是学好了表情管理，对于自身气质的提升有很大的帮助。

多对照镜子练习笑容吧，我们有这么好的年纪，为什么不笑得好看一点呢？

37

表情管理

第 38 天

宣泄负能量

嫉妒、消极、悲观这些情绪总是在阴暗的角落默默生长着。日子过得那么焦躁而忙碌，以至于我们根本没有意识到它的存在。它缓慢又坚韧地成长起来，伸展开来，然后开始用枝叶偷偷触碰，你毫不在意，直到它长成，然后劈头盖脸地抽了过来，好难堪啊……好狼狈啊……那些混合着血液的枝枝叶叶如藤蔓一样缠了上来，你一边哭一边喊疼。

走开啊！不要屈服！

尽量大哭一场，把所有的委屈和不满都哭出来。然后转身，更轻松地上路吧！

38

宣泄负能量

Day
31
32
33
34
35
36
37
38
39
40
41
42
43
44
45
46
47
48
49
50
51
52
53
54
55
56
57
58
59
60
61
62
63

第 39 天

做一天的元气少女

我们只是茫茫宇宙中两个萍水相逢的陌生人。

谁也不知道对方身上有过怎么样的故事。

但是今天，天气很好。

很高兴与你见字如面。

也请你跟我一起做一天元气满满的少女吧。

我们才不会被现实这种怪物打倒呢！

39

做一天的元气少女

第 40 天

那些花儿

你毕业多久了？或者你还在念书吗？

我毕业好久好久了，偶然想起，都不知道陪伴我的青春年少、一起肆无忌惮笑闹的小伙伴散落到了天涯何处。

他们都老了吧？他们在哪里啊？

我们就这样各自奔天涯。

今天请允许我们找老同学一起叙叙旧，打开那些尘封在蜂蜜罐里的时光吧。

40

那些花儿

第 41 天

手有余香

施比受有福。赠人玫瑰，手有余香。

在力所能及的时候，随手帮助一些需要帮助的人吧，给予这个世界我们能够给予的温暖。

亲爱的，因为你，世界今天又变得更美好一点啦！

41

手有余香

第 42 天

去爱吧，
就像没有受过伤一样

喜欢这种事情就是当你念他名字的时候，声音都是软的，又甜又羞。在无人知道的世界里，漫山遍野开着不知名的小花，又蓬勃又撒野。一个一个音节从心脏到喉咙慢慢挤了出来，滑到口腔已经甜成了蜜，忍了忍还是没有办法说出口，悄悄压在舌尖下，笑弯了眉也不自知。

爱是绝处逢生，去爱吧，就像从来没有受过伤一样纯粹地爱一次。

42

去爱吧，就像没有受过伤一样

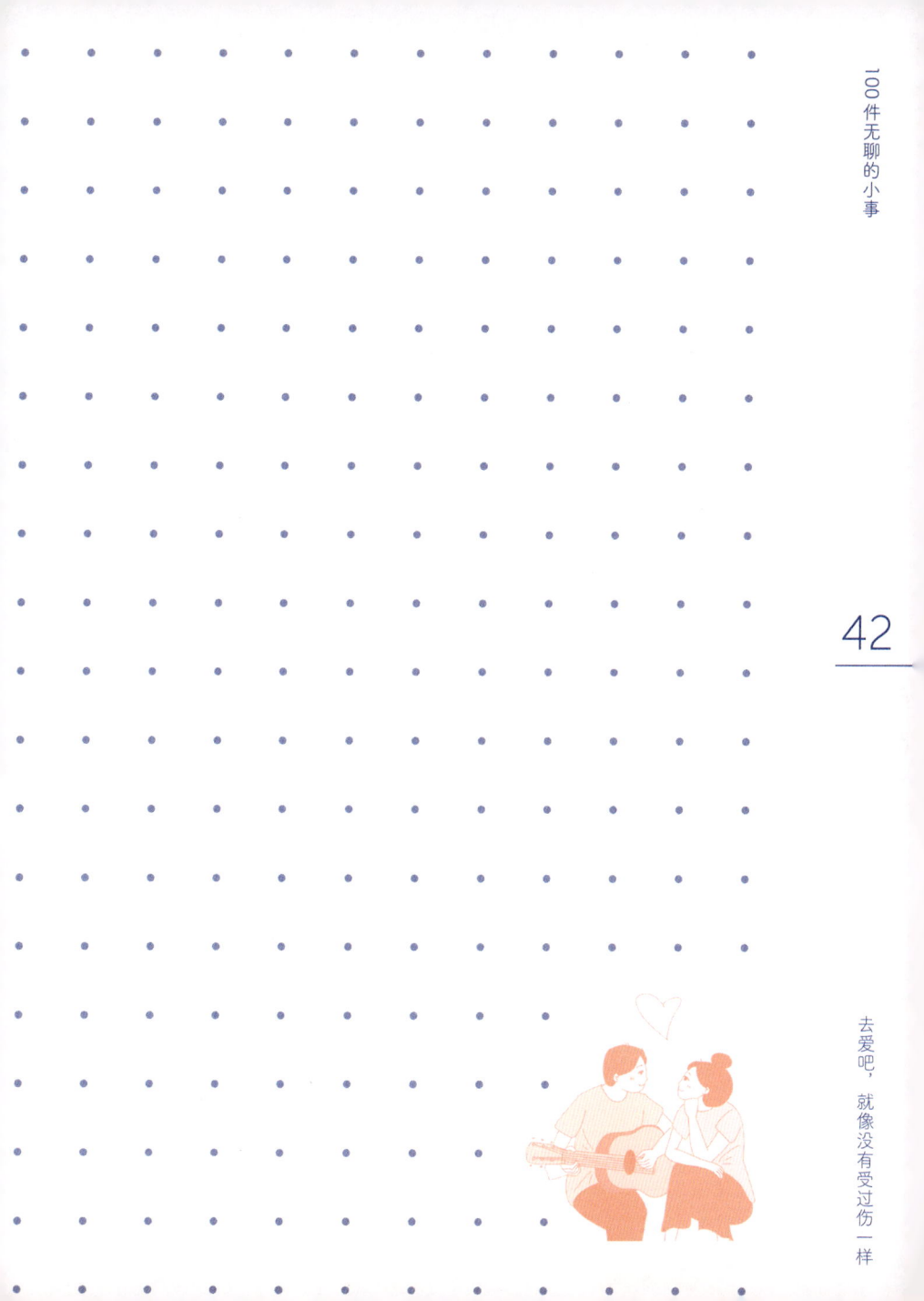

第43天

放下手机

你想得起来没有手机的时候是怎么过一天的吗？

我有点想不起来。

那不如今天我们一起丢掉手机，回到原来没有手机也能好好过一天的时代吧。

怎么样？

你敢不敢？

43

放下手机

第 44 天

瓶中信

尼古拉斯·斯帕克斯写过一本书叫《瓶中信》，讲述一对因为漂流瓶而结缘的男女的故事。我不知道现实中有多少人玩过漂流瓶。我是说除掉网络虚拟的那种漂流瓶之外的真正的瓶中信，你有没有试过？

如果可以的话，我们今天用漂流瓶联系吧。

44

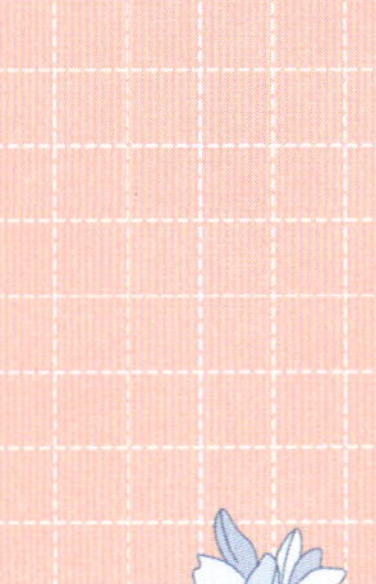

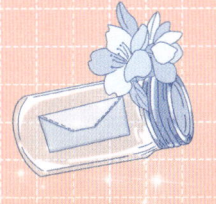

瓶中信

第 45 天

小确幸

一场暴雨过后，天空格外蓝，知了拼了命地叫唤着，阳光从床上移开，慢慢爬到了窗外的树梢上。我躺在床上用手捂住耳朵，世界仿佛都凝固了一样。

时间已然静止！我有一瞬间的恍惚，仿佛一下子进入了异次元空间，忍不住就微微笑了起来。

嘿，你好啊，生活中这样猝不及防的幸福时光。

今天一起来发觉在我们身边小小的确定的幸福吧。

45

小确幸

第 46 天

学会说“不”

学会拒绝大概就是成熟的标志吧。

我们总是很难开口说“不行”“不要”“不可以”，总是含糊又为难地说“好吧”“那行吧”。

结果为难了自己，又坏了心情。

今天，学会说“不”！

对于不想要的、不接受的事物，我们要明确又清晰地说：不行！不要！不可以！

46

学会说『不』

第 47 天

印象词语

如果只用一两个单词来形容你自己的话，你会用什么?

温柔，开朗，美丽，内向?

试试问问朋友对你的印象吧。

47

印象词语

Day
31
32
33
34
35
36
37
38
39
40
41
42
43
44
45
46
47
48
49
50
51
52
53
54
55
56
57
58
59
60
61
62
63

第 48 天

听一次演唱会

去现场听一次演唱会，去感受一下那种汹涌澎湃、热烈又震撼的气氛。

不管是谁的演唱会，试着去听一次，挥舞你手里的荧光棒，告诉他：

嘿，我来听你唱歌啦！

48

听一次演唱会

第 49 天

读书笔记

我的书旁边空白的地方总是密密麻麻写了很多字，其实有的时候跟内容本身没有多大关系，纯粹是当时的一种心情发泄。

很多年以后，当我再次翻开这本书，仿佛还能一瞬间回到当时写字的时间里。

啊！那个时候我是这样想的呢！

这是不是很有意思的事？

学会做读书笔记吧。

49

读书笔记

第 50 天

分享

蛋黄流沙包的味道简直太好了。

我一分钟都忍不住想要跟喜欢的人一起分享它。

这个浴盐的香味特别适合我的朋友。赶快包起来快递给她吧。

就这样，一点一滴都会想要同周围的朋友一起分享。

然后，我在某个很无聊的时候也会忽然就收到朋友寄过来的小零食。

啊，完全就是为你量身定做的味道啊。朋友这么说。

看，这是不是很美好？一下午的无聊都被治愈了。

尽量地和朋友一起分享我们的美好吧。

50

分享

Day

~~31~~
~~32~~
~~33~~
~~34~~
~~35~~
~~36~~
~~37~~
~~38~~
~~39~~
~~40~~
~~41~~
~~42~~
~~43~~
~~44~~
~~45~~
~~46~~
~~47~~
~~48~~
~~49~~
~~50~~
(51)
52
53
54
55
56
57
58
59
60
61
62
63

第 (51) 天

尽量真实

不是真心的话，不管你怎样假装温柔地说出口，违心感始终会从你的眼睛、从你的头顶、从你皮肤的每一个细胞冒出来。它们耀武扬威地在你的四周聚集成一张丑陋的脸。

嗨，尽可能真实地活着吧！

51

尽量真实

Day

31 32 33 34 35 36 37 38 39 40 41 42 43 44 45 46 47 48 49 50 51 52 53 54 55 56 57 58 59 60 61 62 63

第 52 天

第二张名片

皮肤是你的第二张名片，它的状态反映了你真实的生活。

躲避时光的追击，从今天开始，好好护理我们的第二张名片吧。

据说，坚持每天早上喝一杯蜂蜜柠檬水有奇效噢！

52

第二张名片

Day
31
32
33
34
35
36
37
38
39
40
41
42
43
44
45
46
47
48
49
50
51
52
53
54
55
56
57
58
59
60
61
62
63

第 53 天

行有车

提升幸福感的事件前十名里面居然有一条是行有车， 我之前一直不太能理解，现在交通这么发达，有没有车又能怎么样。

直到有一天我病了，下大雨，打不到车，这才感觉到了有车的重要性。

深圳已经开始实行无人驾驶公交车，不久后将会全国推广无人驾驶。

对不会开车的朋友来说，“行有车”这点也可以考虑起来了哟！

53

行有车

Day
31 32 33 34 35 36 37 38 39 40 41 42 43 44 45 46 47 48 49 50 51 52 53 54 55 56 57 58 59 60 61 62 63

第 54 天

牙齿大作战

我真的讨厌看牙医啊！

可是牙齿太重要了，它决定了我往后几十年能不能好好地吃香的喝辣的。作为一个资深吃货，我是绝对不能容忍牙齿有问题的。

如果用传统的牙刷正确刷牙，其实也可以很好地清洁牙齿，但是大部分人还是不太能很好地掌握巴氏刷牙法，所以对于牙齿的清洁只是浮于表面，而带声波震动的电动牙刷可以特别好地解决这一点。电动牙刷的操作简易性让你无论会不会刷牙，都可以很好地清洁到牙齿最里面的部分。对于还在使用传统牙刷的你来说，今天换个电动牙刷势在必行了哟！

54

牙齿大作战

第 55 天

做好随时辞职的准备

第 11 次被“猪队友”气到的时候，我回家收拾了一个箱子，里面放着随时可以走的东西——护照、衣服、旅行套装洗护用具。

我无数次地想着，再有一次，我就不去上班了，拎着这个箱子，随便买一张到哪里的机票，出去走走散散心。

为此，我开始有计划地存钱，存够我即使两三个月不工作也能够过得很好的数字。

终于在一次争吵后，我被恶心得离职，跑回家拎起了箱子直奔机场。

天高云阔，哪里不能混口饭吃，何必恶心自己呢？

毛主席说：广阔天地，大有作为。

55

做好随时辞职的准备

第 56 天

你好，我来自 3000 年之后

今天心情好吗？有没有兴趣和我一起去一次博物馆？

我发自内心地觉得中国真好啊。我们有连绵不绝五千年的文化传承，我们甚至可以知晓在很久很久以前人们是怎么生活的，他们念什么书，吃什么样的东西，穿什么样的衣服。

多么奇妙，隔着那么遥远的时空，我在博物馆里感受着真实的历史。

嗨，你好啊！我来自 3000 年之后！

56

第 57 天

慢跑

作为一个流汗就会难受的人，我是拒绝一切耗费体力的体育活动的，秉承“能坐着就不站着，能躺着就不坐着”的原则，硬生生把自己的身体给宅得像林妹妹一般娇弱。

慢跑是听从前辈指导以后选择的一个最简单的锻炼方法。

吃过晚饭以后（如果时间允许，吃早餐之前晨跑也是很好的）换上适合运动的衣服，围绕着树木较多的地方慢跑起来。

原来微微出汗的感觉也很好，连睡眠质量都提升不少。

于是，我忍不住要发自内心地呼吁：从今天开始，慢跑吧！

57

慢跑

第 58 天

整理名片

我有一整本名片册，闲暇时候就会拿出来整理一下。按认识的时间分类，按交情分类，按工作性质分类，各种各样的都有。

我一边翻一边恍然大悟：啊，这个家伙好久没有联系了，去给他发个微信吧。啊，这个人也会画画呢，下次要插图的话可以找他了。

就这样，时不时整理一下，居然也会有很多有意思的发现，简直太棒了！

58

整理名片

第 59 天

照片墙

自从告别了卡片机以后，就很少去冲印照片了。大概因为我是一个很怀旧的人，所以总觉得放在手机里面和电脑里面的照片没有拿在手上的质感好。

有一天，我花了一个下午把全部照片分类好，然后挑出了100张特别喜欢的，找到一家冲印社，花了很少的钱就把它们全部冲印出来了。我一张一张翻过， 然后很慎重地把它们贴在墙壁上。

于是我们家这面墙变成了家里最漂亮的风景，朋友过来都会驻足欣赏很久，如果找到自己的照片，更是会开心得不得了。这面墙印上时光印记后变成了最有故事的墙壁。

59

照片墙

第 60 天

把你的耳朵叫醒

音乐真是非常非常神奇的东西，只是听到前奏响起，就能瞬间回到记忆中的某一天。音乐大概是这个世界上唯一能储存时光、缩短距离、还原香味的最特别的存在。

在下着雨的下午，趴在床上一动不动。床头装有薰衣草的袋子，在滴滴答答的雨声中散发它的香气，整个人软塌塌的，连眼皮都懒得撩起来。就这样迎合着阴沉沉的天气，一起跌到回忆里，跌回到什么都不用想的年纪里。

60

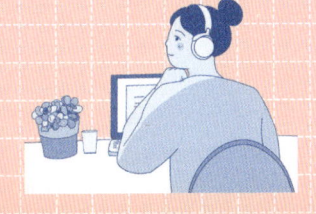

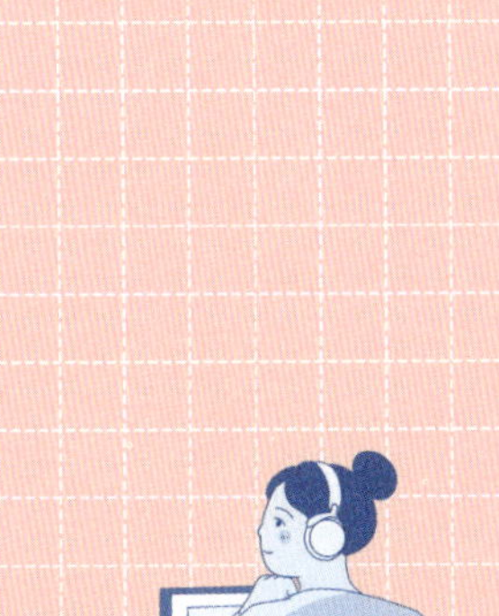

把你的耳朵叫醒

第 61 天

做一个天气瓶

一个自己能预报天气的小瓶子，是不是既神奇又好玩？

今天我们就来做一个漂亮的天气瓶吧。

首先，要准备一个漂亮的透明玻璃瓶。然后，准备材料 :2.5g 硝酸钾，2.5g 氯化铵，33ml 蒸馏水，40ml 乙醇和 10g 天然樟脑。

将氯化铵、硝酸钾融合在 33ml 的蒸馏水里面，然后倒入玻璃瓶加热，再将樟脑、乙醇溶液倒入充分融合。

这样，天气瓶就做好了，放在窗台上让它为我们预报明天的天气吧。

61

做一个天气瓶

Day
31
32
33
34
35
36
37
38
39
40
41
42
43
44
45
46
47
48
49
50
51
52
53
54
55
56
57
58
59
60
61
62
63

第 62 天

原谅日

人生一定有很多事情是徒劳无功的。

我们走过的路那么长，有可能遇到过坏人，也可能遇到过好人。未来无法预知，生命却有固定的轨迹。我们有时要在某个时间点停下来，过一个原谅日。

是的，坏的、难的、丑的、恨的、可悲的、可恶的，我在今天原谅你们。

原谅你们不是因为懦弱怕事，而是因为你们不值得我带上路，丢开束缚轻松上路， 朝着盛装出场的未来一路小跑起来吧。

第 63 天

信仰

人大概是一种很需要信仰的动物吧，不管是信仰宗教或者是爱，更或者像我一样单纯信仰食物。

只要有好吃的东西存在，那么明天就一定是值得期待的。抱着这样的信仰的我，今天也能愉快地度过了。

你找到信仰了吗？

63

信仰

第 64 天

坚持是一件很美的事

你一定不会知道，有时候我也会觉得特别难走下去，有时候痛苦得再也不想坚持了，有时候哭泣都变成一种奢侈。

我不再是一个年轻气盛的斗士，我变得迷茫又彷徨。

可是，只要想到这个世界上比我更难的人都还在坚持着，就又能鼓起勇气再撑个五分钟了。

贵在坚持，持之以恒。

今天也为我们的坚持鼓掌吧。

64

坚持是一件很美的事

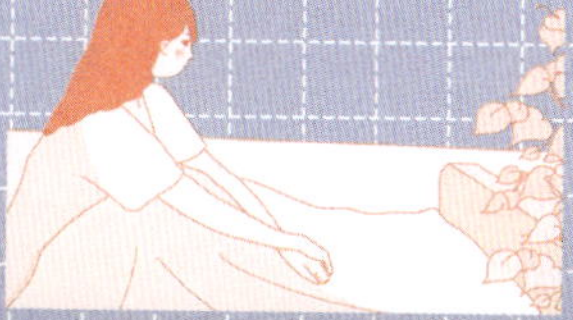

第 65 天

了解一些奢侈品

首先，了解不等于购买和认同。

其次，可以在经济范围允许的情况下拥有一些奢侈品。

最后，不应该为了奢侈品而毁掉自己原有的生活。

奢侈品在真正意义上贩卖的应该是他们的理念和品牌文化，了解这些东西比我们去实际拥有奢侈品更为重要。

顶级奢侈品存在的意义，就是告诉我们要努力过上自己想要的生活。

65

了解一些奢侈品

Day
62
63
64
65
66
67
68
69
70
71
72
73
74
75
76
77
78
79
80
81
82
83
84
85
86
87
88
89
90
91
92
93
94

第 66 天

今日大吉

不管今天运程怎么样，写下“大吉”二字，放在醒目的地方，在重要一天来临的时候，把它拿出来，放在包包里，暗示自己，今日大吉， 心想事成！

66

今日大吉

第 67 天

杯子

我有各种各样的杯子。喝水的、喝咖啡的、喝茶的、喝牛奶的、冲药剂的，各种各样。

喝水的杯子是透明的玻璃水杯，我喜欢捧着它大口大口喝水，像是一条缺水的鱼一样。

喝咖啡的杯子是纯黑色，与黑夜融为一体，在无数个夜晚陪伴着我。

喝牛奶的杯子是一个哆啦 A 梦的，萌萌的，带着一圈奶泡，每次端起来都会觉得自己瞬间变得特别可爱。

杯子承载了很多很多东西，用久了就像熟悉的伙伴一样根本不能失去。

今天，晒晒我们的杯子们吧。

67

杯子

第 68 天

本子和笔

我的硬笔书法很烂，写出来的字特别丑。

可是不知道为什么，我特别喜欢收集各种各样的笔和本子。

每次到了文具店，就根本迈不动脚。

后来入了手账的坑更加不得了，各种各样的纸胶带攒了一抽屉。

闲着无聊的时候我就翻出来看看，萌萌的本子和千奇百怪的笔，能瞬间治愈低落的心情。你有没有收集过这种好看的小本本啊？

68

本子和笔

第 69 天

相信的力量

从心理学上讲，信任是一种稳定的信念，维系着社会共享价值和稳定，是我们对这个世界的话语、承诺和声明可信赖的整体期望。

简单来说，选择相信你的生活，它就会变得更加容易。

从今天开始我们要一直相信，下一刻美好的事情就会发生。

69

相信的力量

第 70 天

纸飞机快飞吧

纸飞机应该承载过每个人的童年记忆吧。

准备一张长方形的纸，亲手折好纸飞机，对准飞机头呵一口气，掷出去比比看今天谁的纸飞机飞得更高。

70

纸飞机快飞吧

Day
62 63 64 65 66 67 68 69 70 71 72 73 74 75 76 77 78 79 80 81 82 83 84 85 86 87 88 89 90 91 92 93 94

第 71 天

体验日

我看过一个综艺，给一个健康的人蒙上眼罩去体验盲人的生活，结果自然是笑料百出。很多平时可以很轻松做到的事情，蒙上眼罩以后却变得特别特别难。

我在家里蒙上眼睛，关掉了灯，拉上了厚重的窗帘，模拟盲人。

一片黑暗，什么都看不见，虽然明明知道自己不是盲人，视野里面不会永远都是黑暗，内心还是忍不住有些恐慌。

明明收拾了房间，知道往前走是没有任何障碍的，却还是不敢往前挪步，固守在原地一动不敢动。

去倒一杯水喝都变成了最难的事情。

你看，对我们而言这么简单的事情，在丧失视力以后却如此困难。

我解开眼罩，拉开窗帘，深深呼吸。

真好，我们还一样健康着！

今天也来做一件无聊的小事吧——盲人生活体验日，也许你会从中体会到很多平时无法体会到的事情。

71

体验日

第 72 天

星空投影仪

我几乎看不到星空了，在现在的城市里。后来有一次偶然看到《大人的科学》这本书教怎么做星空投影仪，忽然就萌发了兴趣。

动手制作的过程，手残党根本不想描述，并且这也不是重点。

重点是，成果居然出乎意料地好！

啊！根本忍不住想跟你们分享啊！

嘿！晚上睡觉躺着看到天花板上的一片星空，真好啊！

72

星空投影仪

第 73 天

知识青年 上山下乡

你有没有试过自己摘一个草莓，或者砍一棵白菜？

农场类的游戏火爆过一阵子，似乎每个人都在心底藏了一个田园梦：有山有水有点田。采菊东篱下，悠然见南山。

不要再去想了，走吧。

拿起我们放在房间随时准备拎走的旅行箱，找到一个农村新天地，撸起袖子，嘿！种菜啦！

73

知识青年 上山下乡

第 74 天

见你想见的人

人的一生大概只有两万多天。

听到这个数字的时候，我特别吃惊。啊，就两万多天？我还以为有几十万天呢……

工作、社交占据我们人生的很大一部分，你有多少时间属于自己？

在这属于自己的时间里面，你又有多少时间能忠于自己的内心？

你有没有想见到的人？

立刻，马上就出发吧！

在这两万多天里，你有这么一天忠于自己的内心，有想见的人立刻就去见他，穿越千山万水走到他的面前，告诉他：嘿，我好想你！

74

见你想见的人

Day
62
63
64
65
66
67
68
69
70
71
72
73
74
75
76
77
78
79
80
81
82
83
84
85
86
87
88
89
90
91
92
93
94

第 75 天

花点时间

我每周都订一些鲜花，除了装饰房间，还能使空气清新。

可是，鲜花保质期很短，很快就会凋谢。

于是，我学会了做干花。

其实特别简单，把盛放中的鲜花取出来，在根部系上一根绳子，倒挂在窗台上。

然后，等风来。

风干以后，根据自己的喜好，把它们插在花瓶里，或者是置于不要的帆布袋里面，挂在墙上，都是很棒的装饰。

今天，你学会了吗？

第 76 天

看新闻

我爸每天雷打不动晚 7 点准时收看中央台的《新闻联播》。

我有段时间无聊，也跟着看过一阵子，发现新闻联播其实是最好的培养大局观和世界观的节目，很多我根本不知道也不了解的国家，通过新闻逐渐地有了印象。

看新闻也变成了一件很有意思的事情，每天跟爸爸讨论各种问题也是增进感情的很好办法。

今天，你看新闻了吗？

看新闻

第 77 天

花式喝果汁

我有一个便携式榨汁机，特别方便。于是，我在很长的时间里面都热衷榨果汁这件事情。

果汁算是比较好搭配的，口感基本都还不错。

蔬菜汁就不一样了，很多蔬菜的口感一般般，但是对人身体有好处。

于是有了果蔬汁这种搭配。

嗯，今天给大家介绍我的健康果蔬汁搭配大法。

早上起来清爽是关键：黄瓜青柠汁或者黄瓜苹果汁。

下午补充体力和水分：芒果胡萝卜汁或者草莓香蕉汁。

晚上临睡前……嗯，别喝了，容易胖。

77

花式喝果汁

第 78 天

形体课

小时候我特别羡慕学芭蕾的同学，因为她们自带一股气场，那形体就像鹤立鸡群一样与众不同。

后来有一次，我无意中接触到一节形体课，才明白女生练好形体有多重要。

容貌的美丑是爹妈给的，我们没办法选择。但是站立行走的姿势是自己练的，我们可以让自己更加完美。

上一上形体课，告别驼背、弯腰、伸下巴等不良习惯，你会发现你的人生真的有所改变。

78

形体课

第 79 天

我的兴趣爱好

找一张白纸，尽可能回忆你从小到大所有感兴趣的事情。

按照现在的心情给它们排个序。

找出可以或者可能完成的事情，标上星级，给自己规定一个时间去完成它。

79

我的兴趣爱好

第 80 天

积攒好运气

日本有个电视剧叫《重版出来》，里面有个社长说过一句话让我记忆特别深刻。他说：运气是可以攒出来的，付出与收获是可以相互抵消的。虽然每个人出身不同，但是命运给予的牌数是一样的，行善可以积攒好运气，作恶将会运气立减。如果能和运气做朋友，就能得到数倍的幸福。所以，你想变成什么样的人呢？

日行一善，多给予这个世界一点温暖，积攒很多很多的好运气，然后回报到我们以后漫长的人生中去吧。

积攒好运气

Day

~~62~~
~~63~~
~~64~~
~~65~~
~~66~~
~~67~~
~~68~~
~~69~~
~~70~~
~~71~~
~~72~~
~~73~~
~~74~~
~~75~~
~~76~~
~~77~~
~~78~~
~~79~~
~~80~~
(81)
82
83
84
85
86
87
88
89
90
91
92
93
94

第 81 天

在你出生那天

你想不想知道在你出生那天，这个世界正在发生着什么样的事情？

现在网络资讯非常发达，找到一份出生那天对你而言比较有意义的报纸，记录下你觉得那一天当中所有有意思的事情，然后收藏起来吧。

Day

62
63
64
65
66
67
68
69
70
71
72
73
74
75
76
77
78
79
80
81
82
83
84
85
86
87
88
89
90
91
92
93
94

第 82 天

赏味期限

每一份食物都有最佳的赏味期限，在它被制作出来以后的特定时间段吃，能品尝到最完美的味道。

每一件事情应该也要有最佳赏味期限。我们的感情也应该有最佳的赏味期限。

给我们想到的每件事情贴上赏味期限吧，在到期之前，完成它！

Day

~~62~~ ~~63~~ ~~64~~ ~~65~~ ~~66~~ ~~67~~ ~~68~~ ~~69~~ ~~70~~ ~~71~~ ~~72~~ ~~73~~ ~~74~~ ~~75~~ ~~76~~ ~~77~~ ~~78~~ ~~79~~ ~~80~~ ~~81~~ ~~82~~ 83 84 85 86 87 88 89 90 91 92 93 94

第 83 天

鲜活的气息

习惯了超市里面包装完好，洗得干干净净，摆放得整整齐齐的菜以后，大家基本就都告别了传统菜市场了吧。

今天，找到离家最近的一家菜市场，进去看看吧。最有生活气息的一切，最接地气的人和物，最鲜活的生活都在菜市场里面。

第 84 天

那过去的事情

找到一位老人，陪他聊会儿天。

让他给你讲讲，在你出生之前的这个世界。

听听他的人生、他的故事，或许这会对你很有帮助。

那过去的事情

Day

82
83
84
85
86
87
88
89
70
71
72
73
74
75
76
77
78
79
80
81
82
83
84
85
86
87
88
89
90
91
92
93
94

第 85 天

表演日

摘抄下你最喜欢的一段台词，联系前因后果，尽量去体会这段话的背景，假装自己就是这个角色，然后代入进去，对着镜子一次又一次完美地演绎这段台词。

85

表演日

第 86 天

竞技的乐趣

寻找自己有兴趣的一项竞技运动，羽毛球、乒乓球、游泳、滑冰或者是电子游戏。

在今天尽量地享受竞技带给我们的快乐吧。

86

竞技的乐趣

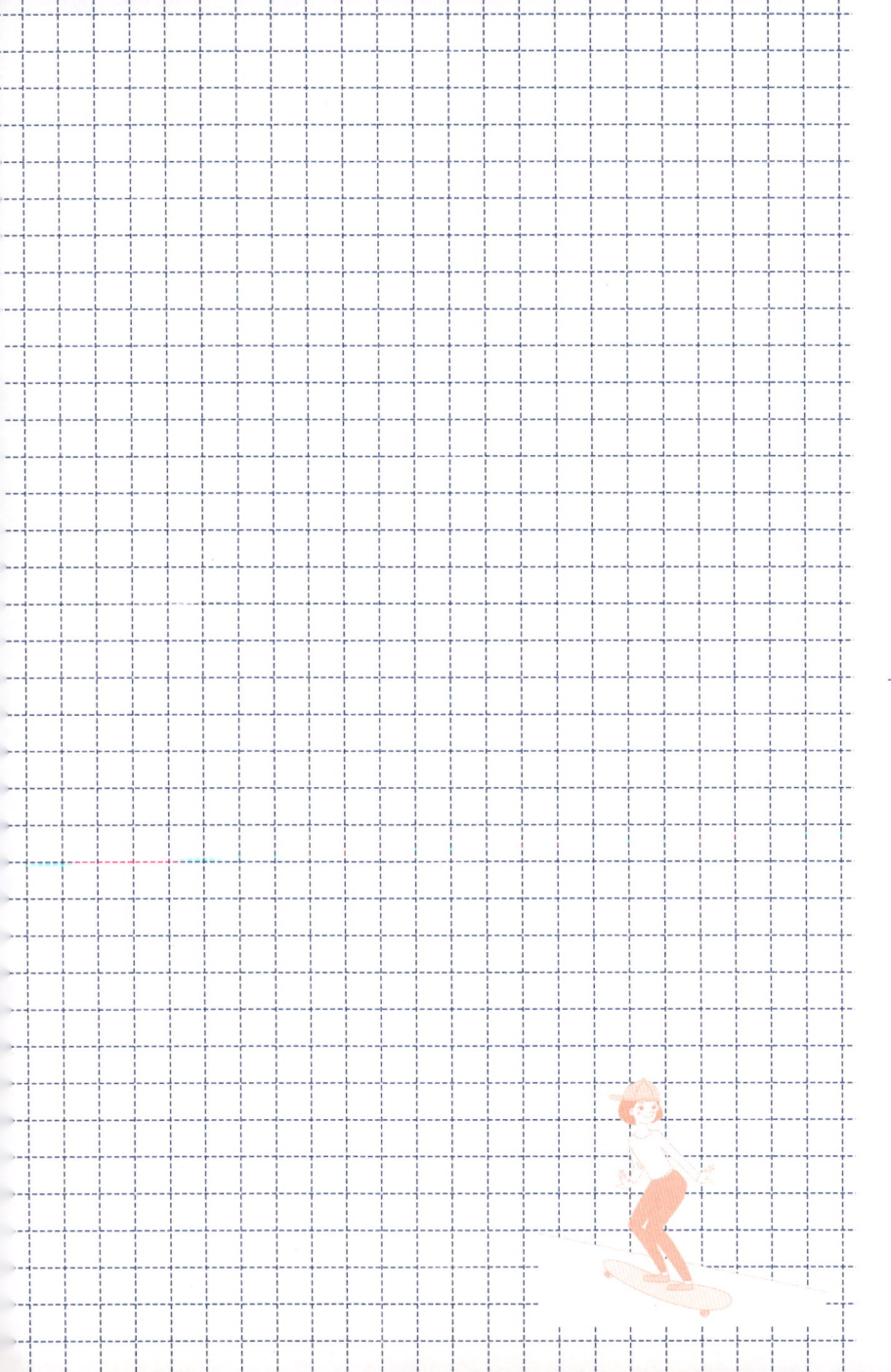

第 87 天

星盘

你的太阳星座是什么?

你的上升星座是什么?

在现在的社交里面，不懂星座好像有点不太好呢!

今天，去稍稍关注一下自己的星盘吧。

87

星盘

第 88 天

某个时刻

给自己拍段纪录片吧，记录你当下的生活、现在的样子、此刻的心情。

嘿，你想说些什么呢？

你想给谁分享这个时刻？

要不和想念的人说说心里话吧？

要不录完以后寄给未来的自己吧？

88

Day
62
63
64
65
66
67
68
69
70
71
72
73
74
75
76
77
78
79
80
81
82
83
84
85
86
87
88
89
90
91
92
93
94

第 89 天

我长大的方式

我一贯不是很喜欢小孩子，太吵闹了。

后来，我有了自己的孩子。

嗯，还是太吵闹了！

可是，孩子怎么会那么可爱呢？怎么会那么好玩呢？怎么会那么有意思呢？

啊！真的，快点找个小孩子一起玩吧。在他们身上，你简直瞬间就能找到自己的小时候。

哈哈，我也是这样长大的呢！

简直太奇妙了。

89

我长大的方式

第 90 天

买一条小毯子

你一定要买一条小毯子。

柔软的、亲肤的，你喜欢的颜色、喜欢的质地。

在你想哭的时候、冷的时候、不开心的时候，第一时间可以把自己裹在小毯子里面。它是你安全的堡垒、痛苦的发泄口、柔软的安慰剂。

甚至在你收到支付宝年度账单的时候，也必须裹紧你的小毯子，抵御即将到来的凛冽的寒风。

90

买一条小毯子

第 91 天

结婚

永远不要因为对于结局的恐惧，就放弃开始。

享受过程也很重要。

如果可以，结婚吧！

91

结婚

第 92 天

访友

我最开心的事情就是跟三三两两的朋友一起，一边逛街喝东西，一边聊着最近的八卦。又无聊又没有意义的同时，最大限度地拉近了和朋友的亲密距离。

和朋友一起聊八卦打发的时间里，还可以顺带吐槽自己最近遇到的各种糟心事。

每次聚会完毕，我都觉得清理了很多情绪垃圾。

明天，又可以轻松上路啦！

92

访友

第 93 天

徒步

在网上随便搜一个离自己近又感兴趣的徒步团吧。

在一个月内最少选择一次在自己体力能承受范围内的徒步旅行。

你会瞬间发现这不仅能拓宽视野，还能拓展你的人脉哟！

顺带说一句，对于单身人士，这也是重大利好呢！

93

徒步

Day

~~93~~

(94)

95

96

97

98

99

100

第 94 天

参加一场婚礼

去参加一场婚礼吧，在一个阳光明媚的日子，
近距离地去感受爱和温暖。

94

参加一场婚礼

第 95 天

参加一场葬礼

在看到别人人生最后一个时刻的时候，你在想什么？

每一次参加这种告别式，总是会冒出无数想法，其中唯一不变的就是以后要更加珍爱生命，更热烈、更努力地活着。因为我们所讨厌的每个今天都是别人梦寐以求的明天。

95

参加一场葬礼

第 96 天

学写毛笔字

中国遗留下来很多有底蕴的东西，软笔书法是我觉得特别有意思的一种。通过练习毛笔字，我们不但可以熟悉很多现在已经不用的繁体字，还可以感受到古人诗词中唯美的意境。

每天晚上心平气和地写上一张毛笔字，也是个很不错的选择。

96

学写毛笔字

第 97 天

看一场话剧

话剧是一种戏剧张力极强的剧种，它以对话来推动整个情节的发展。目前国内已经有不少优秀的话剧了，挑选自己喜欢的类型，去看一场话剧吧。

Day

~~93~~
~~94~~
~~95~~
~~96~~
~~97~~
(98)
99
100

第 98 天

和朋友交换明信片

我每到一个地方都会给朋友寄明信片，写上几句话，盖上邮戳，它就变成了很棒的收藏品。

试着和朋友们交换明信片吧。

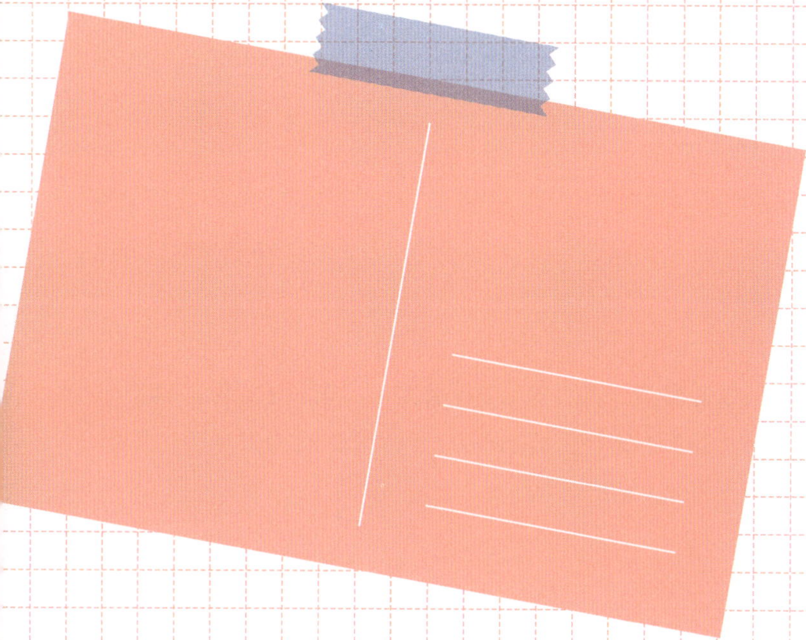

98

和朋友交换明信片

第 99 天

明史

今天试着熟读一段历史吧，不管是唐、宋、元、明、清哪个朝代。静下心来仔仔细细研究一段历史，你会发现历史和今天何其相似。读史让人明智。

99

明史

第 100 天

面朝大海 春暖花开

从明天起，做一个温暖的好姑娘。

谨慎言行，不以开玩笑为目的恶言恶语，不以心直口快为遮挡出口伤人。

要以最可爱的姿态与朋友们一起，紧密友好地团结在建设社会主义的大道上。

我爱你们！

面朝大海 春暖花开

后记

把日子过得活色生香

下午 3 点。

北京，零下 3 摄氏度，我待在有暖气的房间里，听着窗外面的风呼啸而过，屏幕上方的字一直漂浮不定，眼睛酸酸涩涩，简直没有任何心情工作。

于是我蹲在书架旁边，找一些能让时间过得有趣一点的东西。看书大概这是个世界上最妙不可言的事情，可以进行一场二次元与三次元穿越时间空间的对话。

我记得高木直子有一套绘本，讲的就是单身生活。她一个人漂在东京，为了坚持画画这样的梦想一直努力着，明明都是很日常的东西，可是看着看着就忍不住发自内心地笑起来：啊，这个我碰到过！啊，这种感觉我也有过！满满的共鸣感，在 2000 多公里之外的地方，隔着 3 年的时差，我再一次跟素未谋面的她心灵合一！

我最近喜欢上一个男生，我也不知道我为什么会喜欢他，大概是因为他有一个很漂亮的梨涡，也许是因为我最近看了很多言情小说，小说里面那种近乎完美的爱情，总让人眉眼弯弯情不自禁地笑起来。谈恋爱大概是这个世界上最难修的学科。我总以为一辈子也遇不到的事情，以为只会在书本里面发生的事情，当有一天面目全非地呈现在我的世界里，我才惊觉：啊，原来我也过得很幸福，只我一人没发觉。

我偶尔很沮丧，钻到了牛角尖里面出不来，心里灰蒙蒙一片。于是冲进湘菜馆，点上一大盘子剁椒鱼头。喜庆的红，刺激眼球，辣到流汗，眼泪不知不觉就出来了，也不用去掩饰。“真的，太辣了啊！”

再乐观都有难的时候，再悲观也都有笑的时候，一点一点地走出来，每一天都找些有意思的事情做。

然后，然后就好了啊。

生活嘛，有什么大不了的呢？！我们可都是向死而生，从生下来那一刻起就没打算活着回去过！

怕什么？就这样那样努力地活着呗！

让那些曾在嘴里回味过的美味，那些曾在路上经历过的风景，那些不可言说的心情，那些记忆中最美好的往事，一点一滴渗透到时光里，让我们的日子变得更加活色生香。

图书在版编目（CIP）数据

100件无聊的小事 / 肖肖著 ; 夏青绘 . -- 北京 :
中国友谊出版公司 , 2022.3
ISBN 978-7-5057-5325-9

Ⅰ . ① 1… Ⅱ . ①肖… ②夏… Ⅲ . ①随笔 — 作品集 —
中国 — 当代 Ⅳ . ① I267.1

中国版本图书馆 CIP 数据核字 (2021) 第 190518 号

书名 **100件无聊的小事**
作者 肖肖 著　夏青 绘
出版 中国友谊出版公司
发行 中国友谊出版公司
经销 新华书店
印刷 鸿博昊天科技有限公司
规格 720×1000 毫米　20 开
10.5 印张　15 千字
版次 2022 年 3 月第 1 版
印次 2022 年 3 月第 1 次印刷
书号 ISBN 978-7-5057-5325-9
定价 60.00 元
地址 北京市朝阳区西坝河南里 17 号楼
邮编 100028
电话 (010) 64678009